AF539312

पुष्पांजलि

अरुणिमा शर्मा

एस.के. इंटरप्राइजेज

प्रकाशक : एस.के. इंटरप्राइजेज, सी–54, गणेश नगर कॉम्पलैक्स, दिल्ली–110092
सर्वाधिकार : सुरक्षित / संस्करण : 2026 / मूल्य : दो सौ पचास रुपए
मुद्रक : आर–टेक ऑफसेट प्रिंटर्स, दिल्ली ISBN 978-93-88131-13-1

PUSHPANJALI *poems* by Smt. Arunima Sharma ₹ 250.00
Published by **ESSKAY ENTERPRISES**
C-54, Ganesh Nagar Complex, Delhi-110092

भूमिका

मेरे सुधी पाठको, आपको मालूम है कि किसी भी पुस्तक के बारे में एक रेखाचित्र मानसपटल पर उकेरना, फिर शब्दों-शब्दों को एक सूत्र में पिरोकर पृष्ठ-दर-पृष्ठ लिखना जितना कठिन नहीं होता, उतना ही दुष्कर कार्य होता है इन चंद शब्दों का एक समर्पण लिखना। मन इस उधेड़बुन में डूबता-उतराता होता है कि सच लिखूँ या केवल लोगों को ठीक लगने के लिए झूठ। मन कहता है, कम-से-कम अब तो अपने मन की करूँ, भावनाओं को बहने दूँ अपनी धारा में। मेरी यह पुस्तक पुष्पांजलि उन सभी प्रेरणादायी शक्तियों, लोगों एवं परिस्थितियों को समर्पित है, जिन्होंने जाने-अनजाने मुझे कविता की राह पर चलना सिखाया, वरना जीवन की आपाधापी एवं जिम्मेदारियों को सँभालने में फुरसत कहाँ मिलती है कि कभी दिनकरजी की 'रश्मिररथी', 'उर्वशी', 'हुंकार', जयशंकर प्रसाद की 'कामायनी', नागार्जुन की 'भारत माता' या बिहारी की 'बिदेशिया' को पढ़ सकूँ, निराला की 'जुही की कली' को तोड़ सकूँ, पंत की 'पल्लव' या 'मेघनाद' में झाँक सकूँ या फिर श्री हरिवंश राय बच्चनजी की 'मधुशाला' में बैठकर अमृत के दो घूँट पी सकूँ।

लेकिन कभी-कभी ही सही, राह चलते-चलते या फिर प्रकृति के सुरम्य मनोहारी दृश्य से अभिरंचित होती हूँ तो मन की भावनाएँ यों ही शब्दों का रूप ले लेती हैं। कभी-कभी तो उन्हें पृष्ठों में दर्ज कर लेती हूँ, पर कभी-कभी भावनाएँ उभरती है और सोचती हूँ कि अब उन्हें शब्दों का जामा पहनाऊँगी,

तब तक यदि कोई अन्य सांसारिक काम आ गया तो वे विस्मृत भी उतनी ही जल्दी हो जाती है।

लेकिन मुख्य रूप से मेरी अन्य पुस्तकों की तरह मेरी पुष्पांजलि भी माँ शारदे को समर्पित है, जो मुझे अपने आशीर्वाद से अभिभूत करती है, फिर अपनी प्रेरणादायी जन्मदायिनी माँ को, जिनके हाथों में सदैव एक पुस्तक हुआ करती थी और जो हमेशा ही मेरा उत्सावर्धन यह कहकर किया करती थीं कि बेटा, तुम्हारे हाथों में कलम की ताकत है, तुम किसी से क्यों डरती हों। वे सही कहती थीं। फिर यह पुष्पांजलि मैं अपने स्वर्गीय बाबा एवं पिताजी को भेंट करती हूँ, जिनसे एक भावुक एवं कविहृदय मैंने विरासत में पाया है।

फिर अपने दोनों पुत्रों को एवं अपने उस जीवनसाथी को, जिसने कभी यह न कहा कि गुलशन से चुराकर लाया हूँ एक फूल तेरे जुड़े के लिए। जिसने वादा तो सात जन्म साथ निभाने का किया था, परंतु एक जन्म भी साथ न दे पाया, परंतु वह मेरे बिना अच्छे से मर भी न पाया, क्योंकि मुझे लगता है, वह आज भी मेरे साथ है, मेरे इर्द-गिर्द है और मैं उसके बिना जी भी न पाई। आज मैं उसे एक अंजुली-पुष्प; कविताओं का यह संग्रह पुष्पांजलि समर्पित कर रही हूँ।

धन्यवाद!

—अरुणिमा शर्मा
प्रोफेसर, प्रसार एवं संचार प्रबंधन
सामुदायिक विज्ञान महाविद्यालय
डॉ. राजेंद्र प्रसाद केंद्रीय कृषि विश्वविद्यालय, पूसा समस्तीपुर
बँगला नं. बी. 2/13, बिहार
इ-मेल : arunima.rau@gmail.com
मोबाइल : 9934920424

अनुक्रम

1

वक्त के आईने में

वक्त के आईने में
हर चेहरा मुरझाया-सा क्यों है ?
मानव मानव से परेशान-सा क्यों है ?
जिंदगी जिंदगी पर हैरान-सी क्यों है ?
वक्त के आईने में हर चेहरा,
मुरझाया-सा क्यों है ?

वक्त के आईने में हर
फूल मुरझाया-सा क्यों है ?
भरी जमात में,
इनसान तन्हा-सा क्यों है ?
वक्त के आईने में,

हर इनसान परेशान-सा क्यों है ?
व्यक्ति व्यक्ति से अनजान-सा क्यों है ?
हर इनसान बौखलाया-सा क्यों है ?
जिंदगी जिंदगी से बेजान-सी क्यों है ?
अपने पराए-से क्यों हैं ?

वक्त के आईने में,
हसीं चेहरों पर उदासी-सी क्यों है ?
भरी दोपहरी में कोहरा-सा क्यों है ?
हर चेहरा अनजान-सा क्यों है ?
इनसान के चेहरे में शैतान-सा क्यों है ?
हर चेहरा मुरझाया-सा क्यों है ?

सबकुछ है, पर मन बेचैन-सा क्यों है ?
वक्त के आईने में हर चेहरा मुरझाया-सा क्यों है ?

□

2

पेड़ लगाओ, शहर बचाओ

ये सामने किस शहर की लाश पड़ी है?
ये सामने किस शहर की लाश पड़ी है?
ये कौन सा शहर है जिसमें,
अब सहर नहीं होता?

किसने इसके दरख्तों को काटा है?
किसने इसके सीने से लहू बहाए हैं?
किसने अपनी चिता खुद तैयार की है?
देखो, इस चिता से बू आ रही है।
बू आ रही है—
मानवता की सड़ाँध की,
भ्रष्टाचार के प्रकोप की,
कदाचार की व्यापकता की,
और बू आ रही है
जीवन के नाश की।

अरे, कोई तो रोको,
अरे, कोई तो रोको
इस तांडव-नृत्य को,
प्रकृति के विनाश को।

□

3

ये आँसुओं की धार है

ये आँसुओं की धार है, इन्हें बहने दो,
मुझे कतरा-कतरा जिंदगी जीने दो।
मेरी सर्द रातों को यों ही सर्द रहने दो,
बसंत का अवसान है अब पतझड़ को आने दो।

उसकी चिता की आग धधक रही है,
उसे धधकने दो।
मेरे जख्मों का दर्द अभी हरा है,
उन्हें टीसने दो।
ये आँसुओं की धार है,
इन्हें बहने दो।

कोई छेड़ता है साज मेरी चौखट पे,
उन्हें धीमे सुर में बजाने दो।
कौन बड़ा, कौन छोटा,
इसका जिक्र, अभी रहने दो

कौन अपना, कौन पराया,
कौन सच्चा, कौन झूठा,
ये बात अभी रहने दो।
ये आँसुओं की धार है, इन्हें बहने दो।
गुमा हुआ कोई आया है
पर यह तो उसका साया है।

कुछ कही, कुछ अनकही को यों ही गुप्त रहने दो,
तेरे-मेरे बीच क्या है, इसे यों ही रहने दो।
मेरे जख्मों का दर्द अभी हरा है,
इन्हें चूमने दो।
ये आँसुओं की धार है, इन्हें बहने दो।

□

4

पनिहारिन

साँझ सकारे तरणी तीरे,
कोई पनिहारिन चलती जाए,
और नूपुर की ध्वनि सुनाए।
पापी पपीहा टेर लगाए,
व्याकुल मन के गीत सुनाए।
कोयल की कू-कू बढ़ती जाए।
पवन झकोरे मुझे बुलाए,
मन मस्त-मस्त उड़ जाए।
पीछे-पीछे चलता जाऊँ,
चलता जाऊँ, चलता जाऊँ,
तुझे बुलाऊँ, बाँहें फैलाऊँ,
पर तुम हे तरुणी,
उस व्याकुल मन की थाह न पाओ,
गुमसुम मन से बढ़ती जाओ।
कभी तो मन की प्यास बुझाओ,
दिग्-दिगंत से कहती जाओ,
तुम मेरी हो, बस मेरी हो।
और किसी की राह न तकना,

भले मुझे अपना न कहना,
पर कभी इस ओर भी आना,
हे तरुणी, बस तुम मेरी ही रहना।
मेरी रहना, दूर न जाना,
पीपल तीरे बैठ न जाना,
और कहीं पथ भूल न जाना,
बढ़ती जाना, बढ़ती जाना,
हे तरुणी, बस तुम मेरी ही रहना,
और किसी ओर न तकना।

□

5

फेसबुक

फेसबुक भी क्या चीज है,
बिल्कुल नया नजरिया है,
टाइम वेस्टिंग का जरिया है।

तारों से दुनिया को जोड़ता है,
अपने से अपनों को तोड़ता है,
नशा–सा चढ़ता है।

दुनिया भर में लाखों बच्चे
इसे प्रतिदिन खोलते हैं,
भविष्य निधि को खोते हैं,
कोई अपना गलत नाम बताता है,
कोई सही नाम बताता है,
आप उसमें उलझ जाते हैं,
कभी–कभी आपकी ठगी होती है,
कभी आप ठगते हैं।

किसी के लिए यह मनोरंजन है,
किसी के लिए दुर्व्यसन है,
इसकी एक अलग दुनिया है।
जहाँ कभी-कभी कोई एकदम अनजान
आपके बिल्कुल पास चला आता है,
और आपको अपना बना लेता है।

एक बारगी यदि आप इसमें डूबे,
तो विश्वास मानिए आप इसमें
डूबते ही डूबते ही और डूबते ही चले जाएँगे,
आपकी फ्रेंडलिस्ट बढ़ती जाएगी,
लेकिन एक प्रश्नचिह्न सामने खड़ा होगा।
क्या सही में आपका कोई अपना है?
इसीलिए तो कहती हूँ,
यह फेसबुक भी अजीब चीज है,
बिल्कुल नया नजरिया है,
टाइम वेस्टिंग का जरिया है।
आधुनिकता का प्रतीक है,
कुछ भी नहीं सटीक है।

यह फेसबुक भी अजीब चीज है,
यह फेसबुक भी अजीब चीज है,
बिल्कुल नया नजरिया है,
टाइम वेस्टिंग का जरिया है।

□

6

आत्म-चिंतन

पिता के लिए पुत्र की भक्ति का,
उपदेश देने मैं चला,
पर आत्मचिंतन न किया,
साधु बनने मैं चला,
पर खुद का विश्लेषण न किया।
पुलिस का दारोगा बन बैठा,
पर खुद राहजनी और गैंगरेप, लूट किया,
और वर्दी का मान न किया।

मूँछ पर ताव दे दिया,
पर मन में कायरता को जगह दे दी।
पुलिस बनकर भी सेवा–भाव तज दिया।
आत्मविश्लेषण न किया, आत्मचिंतन न किया,
पुत्र में जन्म लिया,
पर पुत्र का धर्म न निभाया,
जीते–जी किसी की मौत का कारण बन बैठा।
सदियों की सँजोई प्रतिष्ठा दाँव पर लग गई
पर आत्मविश्लेषण न किया, आत्मचिंतन न किया।

सभ्यता-संस्कृति सूली चढ़ गई,
पर अपने अकड़ूपन का दंभ भरता रहा,
एक दिन चिड़िया फुर्र से उड़ गई,
पर मूढ़ मन उसे मना न सका,
आत्मविश्लेषण न कर सका, आत्मचिंतन न कर सका।
मानव बनकर भी मानव का हक अदा न कर सका,
क्योंकि आत्मचिंतन न किया।

□

7

कौन आया था

पूछता है कोई मेरे कूचे में आकर,
पूछता है कोई मेरे कूचे में आकर,
कल कौन आया था ?
मैंने कहा—
पूछा इन विछिन्न, जीर्ण पत्तों से,
चीड़ के पेड़ों से,
हवाओं से, खुशबुओं से,
हिम शिखरों से,
आवाज आई—
हाँ, विचारों की एक लहर-सी,
जो मेरे जेहन को चीरती चली गई थी,
बचपन, कैशोर्य और जवानी के कुछ
प्रतिबिंब-से उभरे थे,
और मैं उनमें डूबती चली गई थी,
और मैं उनमें डूबती चली गई थी
नदी में तैरते पत्ते के समान,
मैं भी जीवनधारा में
तिनके की भाँति,

प्रवाहित कर दी गई थी,
अपने ही बुने जाल में उलझ–सी गई थी,
निकलना चाह रही थी,
पर निकल नहीं पा रही थी,
क्योंकि, न, तो स्वयं मंजिल बन सकी थी,
न ही मंजिल तलाश सकी थी,
हाँ, तलाश की भ्रांति में
राह चुनने के बजाय
खुद रास्ता बन गई थी।
और मंजिल के बजाय
उसकी रूह को अपना लिया था,
आज मेरा ही मौन मुझ पर हँसता है,
पूछता है—
कल कौन आया था
तेरे दरीचे पर?
उत्तर स्पष्ट था—
उनकी रूह आई थी,
मेरे दरीचे पर।

□

8

गरमी का मौसम

गरमी का मौसम है,
चुनाव की लहर है,
तरबूजों की बहार है,
उम्मीदवारों की रेलम-पेल है।
जूतों की बरसात है,
नेताजी परेशान हैं,
सियासी गठजोड़ है,
अंकों का तोड़-मरोड़ है।
जंग जीतने की ख्वाहिश है,
हारने का मलाल है,
फिर अगले चुनाव का इंतजार है।

गरमी का मौसम है,
कूलरों की बहार है,
बिजली का हाल बेहाल है।
कुएँ एवं नलके-तालाब
पानी को तरसे हैं,
बाजारों में सुराही की भरमार है,

पानी का अभाव है,
प्रशासन बेचैन है,
जनता परेशान है,
तपती दोपहरी में
ठंडक की तलाश है,
गरमी का मौसम बेमिसाल है।

□

9

दीवाली की रात

ढलती शाम की लालिमा
खो गई रात की बाँहों में,
नभ में तारों की सजी बारात,
दीप जले गलियारों में।

हाथों में थाली दीपों की
आभा चेहरे को छेड़ रही,
पगडंडी बढ़ी मंदिर की तरफ
पाँवों में घुँघरू झनक रहे,
शीतल और मंद पुरवा बयार,
सरका देती है घूँघट बार-बार,
दीपक देखे या बचाए शर्म,
उलझते हैं हाथ खुद बार-बार।

कहीं दूर किनारे नदिया के
अनजाने सपने मचल रहे,
अनजानी छवि लेती आकार
होंठ खुलने को मचल रहे।

रजनी कुछ और सरक आई,
लेकर भीगी महकी खुमार।
कहीं दूर किनारे नदिया के
शायद कोई बैरी मनहर,
झुरमुट में फूँके अपनी मुरली
आमंत्रण का जादू लेकर,
थमती जा रही निशा स्वयं,
यह राह न होए खतम,
पगडंडी पर बजता रहे सदा
क्वाँरे नूपुर का बालपन।

ढलती शाम की लालिमा,
खो गई रात की बाँहों में,
नभ में तारों की सजी बारात,
दीप जले गलियारों में।

□

10

सहयात्री

हम दोनों जीवन–यात्रा के सहयात्री थे,
साथ जीने–मरने की
कसमें खाई थीं हमने,
एक पल भी हमारा न बीतता था
एक–दूजे के बिना।
साथ खाना, साथ खेलना,
साथ हँसना, साथ गाना,
पर अचानक ही एक दिन वह कहीं चला गया।
मैंने उसे बहुत पुकारा, बहुत तलाशा,
वन–वन, पथ–पथ ढूँढ़ती रही, पर वह न आया।
मैंने उससे पूछा—
तुम कैसे सहयात्री थे कि
साथ खाना खाया, गाना गाया,
पर जिंदगी का साथ न निभाया?
तुम कैसे सहयात्री थे कि ट्रेन चली नहीं
और पहले ही पड़ाव पर उतर गए?
तुम साथ हमारा दे न सके,
साथ ली कसमों को निभा न सके,

निज स्व को त्याग न सके,
खुल के प्यार अपना लुटा न सके।
पति–धर्म, पिता–धर्म
किसी का मान न रखा,
केवल अपना अभिमान रखा,
लेकिन जिंदगी के युद्ध में
एक जंग लड़ न सके,
कायरों की भाँति दुनिया से मुँह मोड़ लिया,
सबसे नाता तोड़ लिया।

अग्नि को साक्षी बनाकर
जिसे साथ लाए थे,
उसका साथ भी निभा न सके,
एक हसीन जिंदगी जी न सके।
खुद का दम घोंट लिया,
और जीते–जी सबको मार दिया,
जिसे देखकर फूले न समाते थे,
उसका रूप–यौवन बिखरा दिया,
सधवा से विधवा बना दिया,
विष दंश का पिला दिया,
खुद तो चिर निद्रा में सो गए,
उसे रात भर करवट बदलने के लिए छोड़ दिया।
अब तुम भी होगे पछताते कि
मैंने सबकुछ खोया,
कुछ नहीं पाया,
जीवन नहीं दुबारा पाया,

बच्चों को बढ़ता–फूलता देख न सका,
उन्हें आशीष दे न सका,
उन्हें पितृ भय से भयभीत न कर सका,
कुमार्ग चलने से रोक न सका।
अब तो न कोई खुशी है, न कोई गम
रुलानेवाला बस एक याद शेष है,
तुम्हारे सहयात्री होने का
एहसास दिला देती है,
पर फिर भी एक प्रश्न अनुत्तरित रह जाता है,
तुम कैसे सहयात्री थे?

□

11

अकेलेपन में

अकेलेपन में
जब मन मेरा अकुलाता था,
कोई न पास बुलाता था,
निज, अपने पराए बन करके,
बीच भँवर में तज करके,
सब छोड़ चले थे तज करके।

ऐसे में एक तुम्हीं थे, ऐसे में एक तुम्हीं थे,
जिसने हाथ बढ़ाया था,
आशीष नेह का डाला था।

मैं फिर सूने पथ पर सब छोड़ चली,
आग्रह–विग्रह सब तोड़ चली,
माया–मोह सब त्याग चली,
जहाँ न कोई अपना होगा,
एक तुम्हारा साया होगा।
सुख देकर दुःख देनेवाले,
क्या तुमने कुछ सोचा होगा,

आगे कैसा मेरा पल होगा?
ये जोड़–घटाओ तुम्हीं जानो,
मैं तो सीधी हूँ इतना जानो,
बसते हो तुम मेरे मन में,
झाँको जरा अपने मन में,
कोटि–सहस्र तेरे जन हैं,
सब एक–से–एक जंतु जन हैं,
मैं उन सबमें कहाँ समाती हूँ?
लो आज तुम्हें बतलाती हूँ,
दे आशीष नेह का बोल मुझे
क्या मैं हूँ तेरे पास सखे?
जग यह सारा नश्वर है,
एक तुम्हीं जगदीश्वर हो।

यह तुम्हारी ही फैली माया है,
इसमें कौन समाया है?
नदियों को किसने बाँधा है,
सीमाओं को किसने मापा है?
है कौन धनुर्धर वीर यहाँ,
जो भेद सके अभेद द्वार यहाँ?
इस फैली विस्तृत दुनिया में तुम्हीं तो एक अगोचर हो,
जिसने सबको जीवनदान दिया,
जीवन–मरण वरदान दिया।
वह एक विधाता तुम्हीं हो,
तुम्हीं तो एक अगोचर हो,
जिसने पास बुलाया था,

आशीष नेह का डाला था।
जब मेरा मन बुलाता था,
कोई न पास बुलाता था,
ऐसे में तुम्हीं ने पास बुलाया था,
आशीष नेह का डाला था।
घमंड किसी का टिक न सका,
है कौन यहाँ जो मिट न सका,
जो जयघोष सदा ही करता था,
लेकिन मरने से डरता था।

सब छोड़ चली,
जग छोड़ चली,
दुनिया से नाता तोड़ चली,
जान सको तो इतना जानो,
तुम मुझको अपना ही मानो।

मैं भेद पराया जान न सकी,
नियति नदी को पहचान न सकी,
बस एक झकोरा आया था,
सबकुछ बहा ले गया था,
कूल किनारा छूट गया,
अपनों से नाता टूट गया,
ऐसे में केवल तुम्हीं ने अपनाया था,
आशीष नेह का डाला था।
मैं मनुष्य हूँ,
है मुझमें इतना तेज कहाँ,

भावी प्रबल संदेश कहाँ,
कि तुम्हारे भेद को जान सकूँ,
भावी संकट पहचान सकूँ,
काल-कुल के हाथों को रोक सकूँ,
निज-अपना-पराया जान सकूँ,
छल-कपट पहचान सकूँ,
जब जग ने सारा छोड़ा है,
तुमने मुझे अपनाया है,
तो तुझमें कोई दोष नहीं,
कोई राग-विद्वेष नहीं।

□

12

छलनामयी

आँखों की कोर से बेध गई छलनामयी,
आँखों की कोर से बेध गई छलनामयी,
साकी को जाम से,
जाम को साकी से
टकरा गई ललनामयी।

गद्यों को पदों में,
पदों को छंदों में
सुना गई कवितामयी।

गीतों को भावों से,
भावों को आँखों से
कह गई भावनामयी।

रस की प्याली-सी,
मदिरा की ज्वाला-सी,
तृषा को सिंधु-सी,
पिला गई यौवनामयी।

नयनों के नीचे से,
होंठों की थिरकन से,
मंद-मंद चितवन से,
लुभा गई रसनामयी।

तन को मन से, मन को तन से
बाँध गई रसनामयी।

आँखों की कोर से,
जुल्फों के छोर से
बाँध गई छलनामयी।
आँखों की कोर से बेध गई छलनामयी॥

□

13

आहट

हर आहट पर उनके आने का
शुमार-सा होता है,
न आने पर एक गुबार-सा उठता है।
जिंदगी क्षण-प्रतिक्षण बदलती जाती है,
एक धुआँ-सा उठता है,
यह धुआँ उठता चला जाता है,
ऊपर और ऊपर।
मैं अपने अस्तित्व को उसमें
ढूँढ़ती यों ही छत की मुँड़ेरों पर
खड़ी रह जाती हूँ।

देर बाद आभास होता है,
मैं तो एकदम अकेली थी,
और अकेली ही रह गई।
न कोई साथी, न कोई हमसफर,
सब बस खेल-खिलौने थे।
वह तो खयालों का एक बादल था,
जो जेहन को चीरता चला गया था,
और मैं उनमें डूबती चली गई थी॥

□

14

फसल-ए-बहाराँ

हर खौफ के बाद गुलशन को उजड़ते देखा,
अँधेरे के बाद रोशनी को चमकते देखा,
हर रात के बाद सहर होते देखा,
हर खाक के बाद फसल–ए–बहाराँ देखा,
हर दिन सुबह से शाम,
शाम से सुबह होते देखा,
शाम से सुबह होते देखा।

हर दिन जिंदगी को मौत से लड़ते देखा,
हर मौत के बाद जिंदगी को बनते देखा,
जिंदगी को जिंदगी में ढलते देखा,
पौधों को पेड़ में बदलते देखा,
हर दिन सुबह से शाम,
शाम से सुबह होते देखा।

यही सिलसिला दुनिया का चलते देखा,
यही सिलसिला दुनिया का चलते देखा,
हर पतझड़ के बाद बसंत को आते देखा,
घने कोहरे के बाद बादल को फटते देखा,
अँधेरे में जुगनुओं को चमकते देखा,
हर खाक के बाद फसल–ए–बहाराँ देखा,
हर खाक के बाद फसल–ए–बहाराँ देखा। □

15

समय

यह समय बड़ा बलवान है, यह समय बड़ा बलवान है,
इसकी जाति–धर्म सबके लिए एक समान है।

जिसने समय की कद्र न जानी,
वह समझो है अज्ञानी,
जो समझ गया वह जीत गया,
जो ना समझा वह हार गया,
गुजरते समय को कोई रोक पाया है भला,
सरकते रेत को कोई मुट्ठी में बाँध पाया है भला,
बहती नदी और गुजरते पल में
एक चीज समान है,
दोनों पर किसी का न कमान है,
जो गुजर गया वह भूत समान है,
जो बीत रहा वह वर्तमान है,
जो आनेवाला है वह नया विहान है।

समय बड़ा बलवान है,
इसके लिए न कोई बड़ा, न कोई छोटा,

सब एक समान हैं।
नदी रुक गई तो जीवनदायिनी नहीं रहेगी,
और यदि समय रुक गया तो तारे-नक्षत्र सभी ठहर जाएँगे।
धरा खामोश हो जाएगी,
तो जीवन का अंत हो जाएगा,
अतः नदियों को बहने दो,
समय को चलने दो,
और जीवन को अंकुरित, प्रस्फुटित, पल्लवित एवं पुष्पित होने दो।

माँ के दिल का हाल न जाना
उसके गर्भ को न पहचाना,
पास न बैठे, हाल न पूछा,
एक पल भी मिलने न आए,
अँखियाँ थक गईं उसकी
पंथ निहारते-निहारते,
वाणी मूक थी, आँखें सजीव थीं।
दाहिने हाथ से अपने चेहरे पर
घिरी जुल्फों को अभी भी हटा लेती थीं,
एक फीकी-सी हँसी से
मजाक का जवाब देती थीं, शायद मन-ही-मन कुछ कहना
चाहती थी, पर कह नहीं पा रही थी।

डॉक्टर-वैद्य लगे थे,
साजन पास बैठे थे,
तनहा छुप-छुप रोती थी,
पर सेवा भी करती थी,

लेकिन उस काली रात में
अचानक ही वह सब छोड़ चली,
दिल तोड़ चली,
मजाक में भी जिसे वह
बेटा न कह पाती थी,
उसने ही अंतिम घूँट
अमृत का पिलाया,
फिर बड़ी शांति से वह बस
दुनिया छोड़ चली, जग से नाता तोड़ चली।

धूँ-धूँ कर जल उठी चिता में,
सुंदर चेहरा चमक उठा,
और दमक उठा
वही लाल बिंदी, वही गोरा रंग,
हाय, विधाता ने यह कैसा खेल बनाया,
सबको ऐसा दिन दिखाया।
कोई इससे बच न पाया,
कोई इससे बच न पाया।

□

16
एक थी सुंदरी

एक थी सुंदरी,
बड़े घर की बेटी थी,
झूलों पे झूली थी,
बाबुल की प्यारी थी।
धीरे-धीरे बड़ी हुई,
वह निखरती गई, निखरती गई,
एक प्रेमी आगे आया,
उसका हाथ ऐसा थामा,
ऐसा थामा, ऐसा थामा
कि ताउम्र उसका साथ निभाया।
अंतिम रात भी उसे
थपकी देकर साथ सुलाया,
मध्यरात्रि में वह उसे
छोड़ चली गई अनंत की ओर,
सुंदरी ने किया महाप्रयाण,
हाय विधाता ने दिया कैसा त्राण,
उससे छीन लिया उसका दर्प अभिमान,
जो घूमती थी सिर उठाए गर्वोन्मत्त,

पड़ गई धरती पर एक पल में।
बड़ी असहाय थी उसकी अँखियाँ,
महाप्रयाण से पहले लाचार थे उसके पाँव,
चेहरे पर बच्चों-सी व्याकुलता थी,
गुलाबी होंठ थे नि:शब्द,
कंपन भर थे शेष,
अँखियाँ ढूँढ़ रही थीं उसकी अपने लाड़लों को
दिल के टुकड़ों को,
पर वे पत्थर दिल थे।

□

17

कुछ लिखने को है

उषा छुपने को है,
देख लूँ जरा।
शाम ढलने को है,
छू लूँ जरा। उषा छुपने को है,
देख लूँ जरा।

नशा हटने को है,
जाम भर लूँ जरा।
मदिरा पीने को है,
मैं पी लूँ जरा। उषा छुपने को है,
देख लूँ जरा।

मन रोने को है,
रो लूँ जरा।
कुछ कहने को है,
कह लूँ जरा।

और फिर जिंदगी जीने को है,
मैं जी लूँ जरा।
पर साँस रुकने को है,
मैं मर लूँ जरा।

पर इससे पहले कि मैं मरूँ
कुछ लिखने को हूँ,
मैं लिख लूँ जरा।

□

18

घना कोहरा

घने कोहरे में,
दूर पहाड़ी के नीचे,
कुछ लोगों का बसेरा था,
कई झोंपड़ों में एक उसकी भी झोंपड़ी थी।
उसमें एकदम सुबह का सवेरा था,
क्योंकि वहाँ चाँदनी रहती थी,
उसका मन यौवन बिल्कुल,
पहाड़ी झरने की तरह
निष्प्रभ, निश्चल और निष्पाप था।
प्रभु ने सबकुछ उसमें उकेरा था,
बहुत सोच-समझकर शांत चित्त-मन से उसे बनाया था।
एक दिन एक बहेलिया आया,
उसने उसके जनक से
उसका हाथ माँग लिया।
जीवन, मरण साथ-साथ निभाने का वादा किया,
पर उस निर्दयी ने हठात् ही एक दिन
उसके दोनों पर काट दिए,
अब उस झोंपड़ी में घुप्प अँधेरा था,

कोहरा छँटा था,
फिर भी एक सन्नाटा बिखरा था,
लोग ठगे-से देखते रह गए,
वह बहेलिया अन्यत्र कहीं चला गया था,
और चाँदनी यों ही गुमसुम शून्य को निहारती बैठी थी,
अब न वह हँसी थी, न सवेरा था,
बस केवल घना कोहरा था।

□

19

खयालों के दीये

कभी तुमने भी अपने दिल में खयालों
के दीये जलाए होंगे,
देर रात को उन्हें बुझता देखकर
अश्क भी बहाए होंगे।
हर रात तन्हाइयों में गुजरी होगी,
सहर होने तक आँखें खुली होंगी,
तुम्हारी भी सुनने को,
जब न कोई मिला होगा।

तुमने भी कलम अश्क में डुबोए होंगे,
तुमने भी कलम अश्क में डुबोए होंगे,
कोरे कागज पर चंद लकीरें उकेरी होंगी,
अपनी भावनाओं को सजाया होगा,
उन्हें शब्दों का रूप दिया होगा,
उन्हें रंगों का जामा पहनाया होगा,
शाम से रात और रात से सुबह तक
रफ्ता-रफ्ता तुमने भी दिल को समझाया होगा,
फिर जिंदगी के मायने समझ में आए होंगे,
कभी तुमने भी खयालों के दीये जलाए होंगे। □

20

बंदर का बच्चा

एक दिन मेरे घर आया एक अनोखा मेहमान,
वह था बेजुबान,
पर उसकी सारी अभिव्यक्ति थी मनुष्य समान,
वह कैसा था मनुहार,
जाने से था लाचार,
कभी ऊपर बाथरूम में,
कभी बेडरूम में छुपकर
कर रहा था आँख-मिचौनी।

पर मेरे घर में एक कुत्ता भी रहता था,
दोनों साथ कैसे रहेंगे
इसे कौन इसके अन्य दोस्तों के घेर से बचाएगा?
मेरा प्रथम पुत्र अड़ गया,
वह जीत गया, मैं हार गई।

कहने लगा—माँ, ये दोनों साथ कैसे रहेंगे,
हम इनको कैसे निभाएँगे?
मैं पुत्र-मोह भी त्याग न सकी,

उसका कहना टाल न सकी,
बंदर-शिशु को अपना बना न सकी,
उसको गले से लगा न सकी,
जबरन उस मेहमान को जाने के लिए कहना पड़ा,
पर मन बहुत रोया,
लगा, जैसे मैंने आज भी कुछ खोया,
मेरे पुत्र का पाँव पकड़कर एकबारगी जैसे
वह विनती कर रहा हो,
उसे मनाने की जुर्रत करता रहा,
पर वह न माना।

मुझे उसे जाने के लिए कहना पड़ा,
पर आज भी मेरे सामने हैं चिर स्मृत
उसकी दो गोल-गोल निरीह आँखें।
निरीह और लाचार दो आँखें,
विनती करती आँखें,
याचना करती आँखें।

लगता है, मुझसे उसका था कोई नाता,
वह चला गया, पर आज भी लगता है,
कहता चला गया—
माँ, मुझे मत जाने दो!
भले बेजुबान हूँ
पर तुम्हारा शरणा हूँ
तुम त्यागो मुझे, अपना लो, गले से लगा लो,
जग का ठुकराया हूँ।

लगता है, कुछ कह रहा हो—
माँ, मुझे रोक लो, मुझे मत जाने दो!
मैं जानवर हूँ, बेजुबान हूँ,
पर है तुझसे मेरा नाता कोई,
इसे समझ न पाया कोई।
तेरे दर पर आया हूँ,
बंदर का बच्चा हूँ, पर इनसानों से बेहतर हूँ,
खुले में रहता हूँ,
पर साथ सबके रहता हूँ।

□

21

नन्ही सी जान

मैं नन्ही सी जान,
चिथड़ों में लिपटी–सिकुड़ी पैदा हुई थी,
कहते हैं रगों में खून तो था, पर बेजान,
नर्स ने खूब उछाला, झकझोरा
पर सब नाकाम,
फिर उठाया और थपथपाया,
तो ऐसी जान आई कि बस आज तक रगों
में दौड़ ही रही है,
सृजन कर रही है,
कतरे–कतरे में जिंदगी ढूँढ़ रही है।

धीरे–धीरे वह बेजान–सी जान
बड़ी होने लगी,
पलने, बढ़ने और कुसुम की भाँति खिलने लगी,
इस बेजान की जान के लाले पड़ने लगे,
जब सुगंध–सुरभि फैलने लगी,
नन्ही सी जान बढ़ने लगी,
इस अनजान, अबोध के होरा ही

उड़ गए जग एक दिन।

अनहोनी ऐसी घटी कि जो
न घटा था कभी, वह घट गया अभी,
जब अपना सहोदर ही उसकी
अस्मत लूटकर चला गया,
उस बेजान-सी जान को फिर से बेजान बना गया,
उस बेजान ने फिर अपनी जान देने की ठानी,
पर होनी ने कुछ और थी ठानी।

एक भाई ने मुझे बचा लिया,
दूसरा पाप होने से रोक लिया और समझाया—
दूसरे की गलती को तुम
अपने माथे पर मत लो,
अपनी जान को सजा मत दो,
बल्कि उठो, जागो और
अपने अंतर्मन की भावना को
एक सजग आवाज दो,
और समाज को बता दो
कि ये बहुरुपिए हैं।
तुम्हें दूर बहुत दूर जाना है,
मंजिल अभी पाना है।

□

22
तुम आ जाओ

कहाँ हो तुम, आ जाओ,
मेरे अंतर्मन की व्यथा बुझा जाओ,
मेरे रोम-रोम तुम्हें पुकार रहे,
रस्ता तुम्हारा निहार रहे।

मैं बावला हूँ,
बहुत जल्द ही अकुलाता हूँ,
तुम पर बहुत झुंझलाता हूँ,
फिर भी पास बुलाता हूँ,
कहाँ हो तुम, आ जाओ,
मेरे अंतर्मन की व्यथा बुझा जाओ।

मैं बिल्कुल निगोड़ा हूँ,
तुम्हारे बिना अधूरा हूँ,
मैं तुम्हारी तरह विद्वान् नहीं,
शांत और संभ्रांत नहीं,

इसलिए तो कहता हूँ,
कहाँ हो तुम, आ जाओ,
मेरे मन और तन की
प्यास बुझा जाओ।
लगता है, तुम होती तो यह कहती,
तुम होती तो वह कहती,
लेकिन तुमने जीवन साध लिया,
मौन-व्रत अपना लिया,
यौवन में वैराग्य लिया,
मुझसे नाता तोड़ लिया,
बस एक बार फिर मान जाओ,
फिर न होगी गलती, यह जान जाओ,
बस आ जाओ, आ जाओ,
मेरे मन की प्यास बुझा जाओ।

इतनी अनुनय के बाद जवाब आता है—
कहाँ हो तुम, आ जाओ,
मन की प्यास बुझी नहीं,
तन की ज्वाला धधक रही,
एकबारगी धधककर मिटने को,
यह कामुक बाला मचल रही।

□

23
बेटियाँ

बेटियाँ घर का चिराग होती हैं,
बेटियाँ घर की शोभा होती हैं,
साँसों का प्रवाह होती हैं,
बेटियाँ माँ की जान होती हैं,
पिता की शान होती हैं,
बेटियाँ घर का चिराग होती हैं।

माँ की इज्जत होती हैं,
ससुराल का मान होती हैं,
तो सास का अभिमान होती हैं।

पति की आँखों का नूर होती हैं,
तो देवर के सिर का ताज होती हैं,
एक कुल का दान होती हैं,
तो दूसरे कुल का अभिमान होती हैं।

एक कुल से आती हैं,
तो दूसरे कुल में जाती हैं,

इस तरह दोनों कुल की लाज होती हैं, मान होती हैं,
बेटियाँ घर का चिराग होती हैं,
बेटियाँ घर का चिराग होती हैं।

□

24

नजर

नजर ने नजर को नजर से देखा,
नजर ने नजर को नजर से देखा,
नजरें मिलीं तो कुछ यों कह गईं—
चाहे झुकाओ या मिलाओ,
बात तो नजर की नजर में ही रह गई।

□

25
प्रेम

प्रेम न पूछे जात-पाँत,
प्रेम न देखे उम्र,
प्रेम की केवल एक माँग—
प्यार-प्यार-प्यार।

□

26

मोहब्बत

उनसे नजरें क्या मिलीं, इनायत हो गई,
वे पास क्या बैठे, मोहब्बत हो गई।
उनके आते ही एक सिहरन हो गई,
जुबाँ तक आते-आते बात रुक-सी गई।
लब सिल गए, धड़कनें रुक-सी गईं,
आँखें नम हो गईं, मैं मुरझा-सी गई।
इतने में हवा का एक झोंका आया,
एक सिहरन दे गया,
गालों पे लाली दे गया,
होंठों पे थिरकन दे गया।
उनसे नजरें क्या मिलीं, इनायत हो गई,
वे पास क्या बैठे, मोहब्बत हो गई।

□

27

वक्त नहीं है

वक्त नहीं है, वक्त नहीं है,
यह जुमला ऐसे आम हो गया है,
जैसे सबके लिए कुछ खास हो गया है।

पढ़ने का वक्त नहीं है,
सुबह उठने का वक्त नहीं है,
सैर करने का वक्त नहीं है,
माँ के पास बैठने का वक्त नहीं है।

चिंतन-मनन का वक्त नहीं है,
आत्मविश्लेषण का वक्त नहीं है,
यह जुमला ऐसे आम हो गया है,
जैसे कुछ खास हो गया है।

भार्या के लिए वक्त नहीं है,
बच्चों के लिए वक्त नहीं है,
मेहमानों के लिए वक्त नहीं है,
साथ खुशियाँ बाँटने को वक्त नहीं है,

दु:ख बाँटने को वक्त नहीं है,
सुख बाँटने को वक्त नहीं है।

लेकिन वक्त है कंप्यूटर पर
देर रात तक बैठने को,
चीट-चैट करने का,
अनजानों से दोस्ती बढ़ाने का।

एक दिन खुद वक्त ने उससे पूछा—
तुम्हें क्या मिला ?
न जिया, न जीने दिया,
न हँसा, न हँसाया,
खुद रोया और रुलाया।

जब अचानक एक दिन मौत
दरवाजे पर आ खड़ी हुई,
तब उसने बड़ी कातर दृष्टि से विनती की—
थोड़ा ठहर जाओ, थोड़ा ठहर जाओ,
अभी मेरे पास वक्त नहीं है
तुम्हारे साथ जाने का।
मौत नें कहा—
तुम्हें वक्त मिला, पर तुमने इसका दुरुपयोग किया,
अब मेरे पास वक्त नहीं है, तुम्हारी सुनने का।
मैं निश्चित हूँ, तुम अनिश्चित हो,
मैं मूल हूँ, तुम निर्मूल हो,
तुम असत्य हो,

मैं कथ्य हूँ, तुम अकथ्य हो,
मैं अजनमा हूँ, तू जनमा है,
मैं चिर स्थायी हूँ,
तुम क्षणभंगुर हो, अतः तुम्हें लेने आई हूँ
और लेकर जा रही हूँ, वक्त नहीं है।

□

28

जिंदगी

सुबह से शाम,
शाम से सुबह तक
तेज रफ्तार में भागती जिंदगी,
रफ्ता-रफ्ता तार से बेतार होती जिंदगी।
यों ही ठंड सर्द रातों में
सर्द होती जिंदगी,
चिथड़ों में लिपटी, सिकुड़ी जिंदगी,
रफ्ता-रफ्ता तार से बेतार होती जिंदगी।

साथ होते हुए भी
अलग साँसें लेती जिंदगी,
सबकुछ जानकर भी अनजान होती जिंदगी,
चाहकर भी न थमनेवाली जिंदगी।

धुएँ के छल्लों-सी गुबार उड़ाती जिंदगी,
हर दिन, मौत से लड़ती जिंदगी,
प्रतिदिन खूँ से खून होती जिंदगी,
खुशी में मौत का गम मनाती जिंदगी,
जीवन से मरण तक एक व्यापार बनाती जिंदगी।

भूख से रोती–बिलखती जिंदगी,
धूप में छावँ तलाशती जिंदगी,
कचरों के ढेर से लेकर
बारूद के ढेर पर अटकी जिंदगी।

कठपुतली के समान इनसान को नचाती जिंदगी,
घड़ी की सुई की टक–टक के साथ
हर क्षण, प्रतिपल, आगे बढ़ाती जिंदगी,
कभी किसी का इतंजार न करनेवाली जिंदगी।
सूटकेस में कपड़ों की जगह
टुकड़ों में बँधी जिंदगी,
सृजन करती जिंदगी,
खंडित होती जिंदगी,
घर से बेघर होती जिंदगी,
दो दिलों का मेल कराती जिंदगी,
भाई से भाई की जंग कराती जिंदगी।

तार से बेतार होती जिंदगी,
सुबह से शाम तक,
शाम से सुबह तक तेज रफ्तार में भागती जिंदगी,
कभी न खत्म होनेवाले सफर की
पुनरावृत्ति कराती जिंदगी।

सुबह से शाम,
शाम से सुबह तक
तेज रफ्तार में भागती जिंदगी॥

□

29
हँसना

इक अरसा हुआ हमने हँसना भुला दिया,
हँसना चाहा, पर आँसू गिरा दिया।

□

30

अक्स

हम उनका अक्स अपनी नजरों में लिये फिरते रहे,
एक वे हैं जो खुद में मस्त बने रहे।

□

31

यादें

आँख से आँसू थमते नहीं,
गम है कि घटता नहीं,
यादें भूलती नहीं,
जिंदगी कटती नहीं।

□

32

कश्मीर

कश्मीर, जो कश्यप की राजधानी थी,
जिसकी रचनाकार स्वयं माता कल्याणी थी,
जहाँ माता का बसेरा था,
जो हिम शिखरों का डेरा था,
जहाँ झेलम-चिनाब न्यास नदियों का उफनता यौवन था,
कश्मीर जहाँ फूलों का नंदन था
भौंरों का गुंजन था,
और माताओं का वंदन था,
जिसे इस धरा का स्वर्ग बताया जाता था,
और जिसकी मिट्टी का तिलक लगाया जाता था,
वह कश्मीर आज अँटी पड़ी है
वीरों की लाशों से,
वह घाटी आज चीख रही है,
विधवाओं, माताओं एवं बच्चों के क्रंदन से,
अतः मेरा आप नवयुवकों से आग्रह है कि
हे भगीरथ के वरद पुत्रो, उठो, फिर से जयघोष करो,
उठो, फिर से जयघोष करो!
दुश्मन घात लगाए बैठा है, उनपर सीधा वार करो!

दुश्मन घात लगाए बैठा है, उनपर सीधा वार करो!
हे वीरो, सुनो, माता तुम्हें बुलाती है
वह कश्मीर जो फूलों की वादियाँ थी,
दिखती है अब मरघट-सी,
वे फूलों की घाटियाँ अब दीखती हैं मरघट की परछाईं-सी।

□

33

छात्र

अचल रहो, अमर रहो,
प्रचंड दंड, दर्प से,
झुको नहीं, रुको नहीं,
अचल रहो अडिग रहो,
कर्तव्य पथ पर बढ़े चलो, बढ़े चलो!
रवि की आभा से,
शशि की शीतलता से,
नदी के प्रवाह से,
गिरि हिम शिखरों से,
ज्ञान की रश्मि से सीख लो, सीख लो!
छात्र तुम सजग रहो, सजग रहो,
अचल रहो, अडिग रहो,
मंजिल के पाने तक
रुको नहीं, रुको नहीं,
अचल, सजग, अडिग रहो!
विपासय में धैर्य से
शत्रुओं की चाल से
सजग रहो, सजग रहो!

छात्र तुम मशाल हो,
छात्र तुम मशाल हो,
देश के नौनिहाल हो,
आज की घनी शाम के
तुम नए विहान हो।
छात्र तुम मशाल हो,
छात्र तुम सजग रहो,
अचल रहो, अमर रहो,
झुको नहीं, रुको नहीं,
बढ़े चलो, बढ़े चलो,
छात्र तुम सजग रहो, सजग रहो।

□

34

गंगा

कल-कल करती बहती गंगा,
निश्चल गंगा, निर्मल गंगा,
हिम शिखरों से उत्पन्न गंगा,
भगीरथ की लाई गंगा।
चट्टानों से लड़ती गंगा,
इस धरा पर आती गंगा,
कल-कल करती बहती गंगा,
छल-छल करती बहती गंगा।
अपने किनारे पर कूलों को बसाती गंगा,
अल्हड़-सी इठलाती गंगा,
नवयौवना-सी मचलती गंगा,
कल-कल करती बहती गंगा,
छल-छल करती बहती गंगा।
जीवनदायिनी गंगा, पापविनाशिनी गंगा,
पापों को धोते-धोते
खुद प्रदूषित होती गंगा,
शांत गंगा, उफनती गंगा,
निर्मल और निश्कांत गंगा।

कभी-कभी तांडव करती,
चीत्कार-हाहाकार मचाती गंगा,
कभी शांत और निश्कांत गंगा,
नमामि गंगा-नमामि गंगा।
जीवनदायिनी गंगा, मोक्ष प्रदायिनी गंगा,
हर-हर गंगा-हर-हर गंगा
नमामि गंगा-नमामि गंगा।

□

35

सुख-चैन

जो तुम आते हो तो लगता है,
मेरा सुख–चैन आया है,
जो तुम आते हो तो लगता है, मैं जीने लगी हूँ।
जो तुम जाते हो तो लगता है,
मेरी साँसें निकलती हैं।
तेरा मुझसे है पहले का कोई रिश्ता पुराना।
जो तुम समझो तो अपना है,
जो ना समझो तो बेगाना है।
किसी के काम न आए, वह इनसान कैसा ?
जो मानवों की टेर न सुने वह भगवान् कैसा ?
जो पुत्र माँ की व्यथा न सुने वह पुत्र कैसा ?
जो पति अपनी भार्या के मर्म को न समझे, वह पति कैसा ?
और जो पत्नी, पति के दुःख में भागीदार न बने,
वह भार्या कैसी ?
वास्तविक सुख–चैन क्या है ?
क्या रुपया–पैसा,
धन–दौलत पा लेना ही
वास्तविक सुख–चैन है ?

नहीं, वास्तविक सुख-चैन है—
जब एक परिवार के सभी
लोग आपस में मिलकर
सुख और दुःख बाँटें
और शांति से रहें,
वही सच्चा सुख-चैन है।
इसीलिए कहती हूँ,
जब तुम आते हो तो लगता है,
मेरा सुख-चैन आया है,
मेरा सुख-चैन आया है।

□

36

माँ

दुनिया की अमूल्यतम निधि होती है माँ,
ईश्वर का दूसरा रूप होती है माँ,
ईश्वर की नेमतों का दूसरा नाम है माँ।

ममता-वात्सल्य और त्याग की प्रतिमूर्ति होती है माँ,
पिता यदि जनक है तो पालक होती है माँ,
पिता यदि जीवनदाता है तो जीवनधारा होती है माँ।

घर की रीढ़ होती है माँ,
सभ्यता, संस्कृति की वाहक होती है माँ,
जीवनदायिनी होती है माँ।

सारे दुःख, सारी आँधियों को अपने
ऊपर झेलनेवाली होती है माँ,
नयनों में अश्क छिपानेवाली,
पर होंठों से हँसी बरसानेवाली होती है माँ।

उसके आँचल में है जन्नत,

उसकी गोद में है स्वर्ग,
जब उसका हाथ हो सिर पर,
तो समझ लो पूरी हो गई सारी मन्नत।

बच्चों का प्रथम गुरु होती है माँ,
खुद आधा पेट खाकर भी
अपने बच्चों का पेट पालती है माँ,
स्वयं एक चीर ओढ़कर भी
बच्चों का पूरा बदन ढकती है माँ।

अपने बच्चों का हर हाल में
भला चाहती है माँ,
उनकी तरक्की सदैव चाहती है माँ,
और जो बच्चे तरक्की की
सीढ़ियाँ चढ़कर माँ को भूल जाते हैं, उसे दुत्कारते हैं,
उन्हें भी प्यार से पुचकारती है माँ।
और सोचती है, शायद उसे कोई कष्ट होगा,
इसीलिए बेटे ने ऐसा किया होगा।

जब स्वजनमा पुत्र ही
अपनी जीवनदायिनी पर चोरी का इल्जाम
लगाता है तो उसे भी
मौन हो चुपचाप सह जाती है माँ,
लेकिन हर हाल, हर हाल में
दुआ और सिर्फ दुआ देनेवाली होती है माँ।

भावना, एहसास और संबल होती है माँ,
कोई बिछड़ जाए, पर हर विपत्ति में
अडिग हो साथ निभाती है माँ,
इसीलिए केवल मदर्स डे पर याद किए जाने की बजाय
नित सेवा का हक रखती है माँ,
ईश्वर की सर्वोत्तम कृति है माँ,
ईश्वर की सर्वोत्तम कृति है माँ।

□

37

दर्द और इश्क

दर्द और इश्क में सिर्फ
इतना ही फर्क है,
कि इश्क में दर्द मिलता है,
किंतु दर्द से इश्क किसी को नहीं होता,
इसीलिए दर्द दर्द होता है,
और इश्क इश्क,
एक की अनुभूति दुःखद होती है,
तो दूसरे की सुखद।

पुराने और नए लोगों में
फर्क सिर्फ इतना होता है कि
पुराने को कोई अपनाता नहीं,
और नए किसी को अपनाना नहीं चाहते।

पुरानी रोशनी और नई में फर्क
सिर्फ इतना है कि इसे कश्ती नहीं मिलती,
उसे साहिल नहीं मिलता,
प्यार जो तेरा मिलता,

जीने का एक सहारा मिलता,
हँसने का इक बहाना मिलता।

वह दर्द दर्द क्या होता,
जो मिलता समझकर,
वह इश्क इश्व क्या होता,
जो होता समझकर।

आप मेरे दर्द का यकीं करें या न करें,
अर्ज सिर्फ इतनी है कि इसकी कहीं चर्चा न करें।

□

38

आज का आदमी

आज आदमी के बीच परेशाँ-सा आदमी,
भीड़ में अपना वजूद तलाशता आदमी,
इनसानियत को खोता आदमी,
खुद को मारता-जलाता,
जिंदा जलता आदमी,
लाश की जिंदगी को ढोता आदमी,
रोता-बिलखता, बिछुड़ता-छटपटाता आदमी,
हालात से परेशान आदमी,
वक्त से जूझता आदमी,
फिर भी हार न माननेवाला आदमी,
हर्ष में उन्मत्त आदमी,
विषाद में डूबा आदमी।

जयघोष करता, शौर्य तिलक लगाता आदमी,
नरसंहार करता, चीरहरण करता आदमी,
सोते-जागते स्वप्न में भी रुपयों के पीछे,
रुपयों के पीछे पागल आदमी,
खुद पर गर्व करता, इठलाता आदमी,

लेकिन अंदर से खोखला आदमी,
यही अक्ष लिये घूमता,
इतराता आज का आदमी।

□

39

दीप

सुना है मन प्रांतर मेरा,
हे मधु प्राण, तुम बस जाओ,
घना हो रहा मन का नभ,
ढलती साँझ के घूँघट से
रजनी प्रिये का काजल झाँका।
नन्हे कोमल तारों से
यह माँग अछूती भर जाओ,
कुछ अनकहे, कुछ अनछुए
भावों का मदिरालय छलका,
प्यासी कामना से भरे हुए
होंठों का रंग तुम दे जाओ।
सूना है मन प्रांतर मेरा,
हे मधु प्राण, तुम बस जाओ,
मंद-मंद बह रहा समीर
उलझे गेसू और उलझ रहे।
एकबारगी धधककर बुझने को
ये नटखट दीपक मचल रहे,
स्पर्श की सिहरन दे जाओ,

घना हो रहा मन का नभ,
तुम प्रणय दीप बन जल जाओ।
सूना है मन प्रांतर मेरा,
हे मधु प्राण, तुम बस जाओ॥

□

40
चाँद

आज शाम को जब मैं मंदिर चली,
तो फलक पर अचानक चाँद दिख गया,
बिल्कुल वक्र, किंतु उसका नजारा कुछ अजीब था,
कुछ लाल–लाल दाग या धारियाँ थीं,
अपनी धुन में मगन मैंने कुछ ध्यान न दिया,
यह तो मैंने गलती कर डाली,
ग्रहण में बाहर निकल गई,
और बिना पूजा किए अपनी
किसी सहेली के यहाँ कुछ ग्रहण कर लिया,
मैंने फिर एक साहित्यकार होने के नाते मन को तसल्ली दी।

अरे, यदि मैं चाँद को अपनी कुछ
पंक्तियाँ नजर कर सकूँ तो
यही मेरी सच्ची पूजा होगी,
मैंने सोचा, अब क्या आगे जाकर पता चला
चाँद को ग्रहण लग गया था,
वह चाँद ही क्या, जिसमें ग्रहण लग जाए
अरे, चाँद तो वह, जो क्षण में निकलता है,

पेड़ की झुरमुटों से झाँकता है
और नन्हे बच्चों का मामा होता है।

अरे, चाँद तो वह होता है,
जिसमें दाग होते हुए भी
सुंदरता की उपमा होती है,
और शीतलता की मूर्ति होती है,
वह चाँद चाँद ही क्या,
जिसमें ग्रहण लग गया हो,
अरे, चाँद तो वह होता है,
जिसमें दाग होते हुए भी
उपमा और उपमेय बनता है।

जो बादलों के पीछे छिपता है, निकलता है,
आँख-मिचौली खेलता है,
छूने जाओ तो भागता है,
और गौर से देखो तो दुलहन की तरह शरमाता है
वह चाँद चाँद क्या, जिसमें ग्रहण लग गया हो।

□

41

वीरानी

जाने क्या बरपा है इस शहर पर
कि लोग तो हैं, पर एक वीरानी-सी छाई है,
लोग तो हैं, पर मुर्दनी-सी छाई है,
जीवन तो है, पर जीवंतता नहीं,
जीवंत चेहरे तो हैं, पर मुसकराहट नहीं,
अपने तो हैं, पर उनमें अपनापन नहीं।

जाने क्या बरपा है इस शहर पर
कि अब यहाँ सहर नहीं होती,
सूर्य उगता है, डूबता है,
चाँद भी अपनी जगह स्थिर है, पर मानो
तारों ने अठखेलियाँ करना बंद कर दिया है।

आम, लीची के मंजर तो भरपूर हैं,
पर चौक-चौराहों पर लोगों के मंजर नहीं,
जवानी है, पर उमंग नहीं,
लोग मौन हैं,
मानवता कराह रही है।

बेबसी, भूख और लाचारी ने
यह कैसा कुचक्र रचा,
हजारों आशियाने लुट गए,
लोग बेघर हो गए और अपना घोंसला छोड़
हजारों मील पैदल चलने को मजबूर हो गए।
पाँव में छाले, पेट में भूख,
ऊपर तपती धूप,
फिर भी कोई न लेवे
इन बेबसों की सुध,
हे माँ, जाने अब कब चैन नसीब हो?

यह कौन सा शहर है, जिसमें अब सहर नहीं होती,
जिसमें सुबह तो रंगीन होती है, पर शामें रंगीन नहीं होतीं,
मधुशालाएँ तो हैं, पर जाम नहीं टकराते,
जीवन तो है, पर जीवंतता नहीं,
जाने कितनी वीरानी छाई है इस शहर पर
कि अब सहर नहीं होती यहाँ,
जाने कितनी वीरानी छाई है,
जाने कितनी वीरावी छाई है।

□

42

रानी लक्ष्मीबाई

जब मातृभूमि पर दुश्मन ने अतिक्रमण किया–2
तब रणभेदी की गूँज पर रणचंडी ने हुंकार किया–2

लोग समझते थे अबला
पर देवी ने जयघोष किया–2

ले कृपाण हाथ में गंगाजल,
उसने एक संकल्प लिया,
मर जाऊँगी, कट जाऊँगी
पर धरा नहीं बँटने दूँगी,
क्या हुआ देव सिधार गए, मैं अस्तित्व नहीं मिटने दूँगी।

जब शिशु को बाँध पीठ से,
रानी ने रण को साध लिया,
तब दाँतों में लगाम थी,
दोनों हाथों में खड़ग और कृपाण थे।
उड़ चला पवन वेग से पवन
तब रानी अरि पर भारी थी,

दुश्मन से बाजी जीती थी, पर अपनों से ही,
हारी थी, अपनों से ही हारी थी।

फिर भी एक के बाद एक जब गोरों का सर कलम हुआ,
तब गोरों का सत्यानाश हुआ,
रानी का जय-जय घोष हुआ,
तब रानी का जय-जय घोष हुआ।

□□□